天《てん》の河《かわ》

高科 幸子

Yukiko Takashina

文芸社

【目次】

天の河

久しぶりだね。
昨日、みんなの夢を見たの。
一緒にどこかに行く夢。
あの頃と一緒、わいわいと楽しく遊ぶ、そんな夢！
だからね、連絡しようと思ったの。
こんなふうに集まろうって。
本当はね、そういう気持ちがずっとあったのだけれど……。
でも、電話していてわかったの。
みんな、同じだったのね。
連絡してよかった！　また会えてうれしい！
今日はね、みんなを連れていきたいところがあるの。
ずっとそうしたいと思っていたのだもの。
そこへ行って、一緒に遊びたかったの。
きっとね、びっくりすると思う。

すごく美しいところなんだもの。
こちらなの。ついてきてね。
うれしいな。

ときどき、空は海なのではないかと思うことがある。

金色の月が舟のように浮かんでいる。
チカチカと瞬く星の手前を、薄い雲が流れていく。

遠い空　流れていくよ　ゆっくりと
藍色の空に　金の月舟

わたしはそれを、ずっと下の方から見ている。

まるで水の中にいるみたい。

そこは、野原の真ん中にある古い電車の停車場。

わたしはひとりで、駅の木のベンチに座っている。

みんなと待ち合わせをしたのだけれど、途中で、ひとりが、

「あ、わたし、忘れ物をしてきてしまった。少しずつ先に行ってて。すぐに追いつくから」

と、言いだした。それがきっかけとなり、ほかの友だちも、

「わたしも。それから、もうひとり連れていきたい人がいるの。呼んでくるね！」

「僕も！」

とみんなそれぞれに思い出し、次々と足早に去っていった。

「先に行って待っていてね。すぐに追いつくから」

「うん、わかった。先に行くけれど、迷わないように、きちんと目印つけておくからね」

「ありがと。またあとでね」

「じゃあね」

と手を振りながら遠ざかる、みんなの姿。


わたしは途中で、みんなの分の飲み物や軽く食事できるものも買い、荷物を持って進んでいった。

古い電車、昔の形のバス……乗り継いで、乗り継いで、最後の乗換駅がここだ。

ここから出る列車に乗れば、目的の場所に着く。


夏の終わりとは言っても、日中はまだ暑い。

けれど夕方には涼しい風が吹く。

リーン、リーン、コロコロコロ

虫が鳴き、すすきが月の光をあびて銀色に光っている。


石を組んだだけの駅に、無人の改札。

月が空の高いところで白金色に輝いている。

その周りを、夜と同じ色の雲が、ゆっくりと流れていく。

きれいだなあと見惚れながら、

『もしかしたら、あそこは、海なのではないかしら』

そんなふうに思っている。


古い木の電信柱の裸電球が、ぼうっと光りながら、ときおり瞬く。

あたり一面、草の原。

草の中に、すすきがあちらこちらに生えていて、風が吹くと月の明かりに照らされて銀色に光り、ゆったりと揺れる。

それがどこまでも続いている。

リリリリリ……リーン。虫が鳴いている。

風が、さらさらさらとすすきをなでながら吹いてきて、わたしをふわりと包み込んだかと思うと通り抜けて、草を波のように揺らしながら、ざーっと去っていった。


ふと右の方に目をやると、すすきと草の原の向こう側が、少し小高く丘のようになっている。そちらの方から、
ゴー、ガタン、ガタン。

遠く、列車の音がする。

丘の向こうの、さらにこんもりと木の茂った高いところは、まるで影絵の木のようになっていて、やがて、その暗い夜の景色の中から、灯りをぽうっと光らせながら、列車が近づいてきた。

ゴー、ガタン、ゴトン……シュー。

野原の真ん中にある小さな駅に、すっと立ったわたしの目の前に、一両だけの列車が止まった。

古く、ささくれだった車体。色もところどころはげていて、どこか懐かしい形をしている。

幼い日、母親に抱っこされて見に行った、花電車に似ている。

花はついていないけれど。


パタン。

ドアが開いた。

手で触れると、ドアは木でできていた。

こすれて古くなったタラップに足をかけ、中に入る。

誰も乗っていない。わたし、ひとりだけだ。

天井には、小さな裸電球が、あるのかないのかわからないくらいの明るさで、ぽうっぽうっと、瞬きながら灯っている。

窓からの月の明かりの方が、明るいくらいだ。


『どこに座ろうかな』

と、前の方に歩いていくと、足元の、木でできた通路がぎしぎしと音を立てた。古い校舎の廊下を歩いているみたいだ。

直角の木の椅子の背に触れながら通路を進む。

『ここにしよう』

真ん中あたりより少し後ろ、左の窓側。

木の椅子の背もたれに左手をかけ、古い座席に座り、窓の方を向いた。

『風に吹かれたいな』

そう思い、荷物を隣の座席に置いて少し中腰になって、木の窓枠に手をやると、ガタガタといわせて、窓を開けた。

ふわぁっと、草のにおいをさせながら風が入ってきた。

虫の音も聞こえる。

リーン、リーン、リーン

どこまでも続く、すすきと草の原。根元の方は水が流れているみたいで、ところどころ、藍色の夜の空を映し、水面で星がチカチカと銀色に瞬いている。

どこまでが水面で、どこからが空なのか。

遠くに目をやると、まるで、空と地がつながって一体となっているみたいだ。

すすきの先がぽうっと明るく、さらさらと音を立てて風に流れている。

深い深い夜の、黒に近い藍色。果てしない水辺に、すすきが延々と続く。

『きれいだなあ』

しばらくその様子に見惚れていると、列車は、カーブに沿って少し速度を落としていった。

草が生い茂っているのでよくはわからないのだけれど、少し向こうの、線路があるらしきところの横手に、すすきの中からすっくと立っている、古く細い木の信号機のランプが、赤から青に変わった。

列車は止まりきらないうちにカーブを抜け、走りだした。

窓からのやわらかな風。

河の水のにおい。

さらさらさらとすすきが流れる。

ときどきぼうっと光るのは、蛍だろうか。

紫色の花が咲いている。

いったいどこを走っているのか。

あまり、ガタン、とも揺れない。

なんて滑らかな、なんて穏やかな……。


どこからともなく、甘い香りがしてくる。

「イチゴだ！」

見ると、ところどころ、ポッ、ポッと、白く小さな花が灯りのように開いていく。

それが、見る見るうちにすーっとしぼんでいき、みずみずしい甘い香りを放つイチゴの実になった。

遠い昔を思い出す。

『イチゴ狩り、したことがあった』

ずっと以前、母と弟と三人で行ったのだ。

小さなイチゴを手でつまんで、もう一方の手に持ったコップの中の甘いミルクにつけて食べる。

それはとても、おいしくて楽しいこと。

『近くに、果樹園があるのかもしれない。ほかにも、フルーツがあるかしら?

おいしい実、取って食べたいな』

テーブルの上のフルーツもよいのだけど、やはり自分の手で木からもいで食べるのが一番!

ゴトン、ゴトン

窓から、風が木や草のにおいを運んでくる。

『静かだなあ』

心も瞳も穏やかになり、窓の外を見ている。

「次は〜星のモザイク駅〜、金木犀経由〜」

どこからともなく、アナウンスの声が聞こえてきた。

『そんな名前の駅、あったかしら。でも、そう言っているのだから、あるのよね、きっと。おもしろい名前』

ふふっと微笑んでいると、やがて列車は大きくカーブし、ゆるやかに速度を落とした。

ふわあっと甘い香りがした。


ああ、そうだ。これは、遠い日、学生の頃、友だちがくれたのだ。

黄色いバラの好きな、美しい人だった。

それは一本の細く小さな枝。

「家の庭に咲いていたの、ゆきちゃんにあげる」と。

甘いにおいのする、金の星のような形の花がついていた。

金木犀。

一日中、胸ポケットに入れ、香りを自分に移そうとしていた、わたし。


駅の近くに何本も木があり、花弁は、星の光で金色に輝いて見える。

香りはそこから流れてくる。

遠い日を思いながら……。

ガタン、シュー

列車が止まった。

駅の電灯は消えていて、星と月の明かりのみがあたりを照らしている。

教会のような形の駅舎は、建物全体の壁が石で作られたモザイク画で飾られていて、入り口から見える壁画には、宝石のように光る石が繊細に美しくはめ込まれている。

青やグリーン、黄、紅、紫、そのほかにも。

それが月の明かりでキラキラと静かに輝いて、とても美しい。

誰もいない駅。

いいえ、そうではないみたいだ。

よく見ると、月明かりの逆光を受けて、ぼんやりと影のような人たちが立っている。

と、そのとき、駅の周りの草むらの方で、チロチロと蛍の光のようなものが飛ぶのが見えた気がして、一瞬そちらに気を取られた。

そしてもう一度、先ほどの乗車しようとしていた人たちを見てみると、みんないなくなっていた。

ガタン

ドアが閉まり、列車は動きだした。

気がつくと、いつの間にか数人の乗客が乗っていた。みんな、窓からの風に気持ちよさそうに吹かれている。

でも、相変わらず月からの逆光で、どんな人なのだかよくわからない。

『あの人たち、どこから来たのかしら』

この藍色の夜の中に、乗客たちの家があるのだ、ということが少し不思議に思えた。

目をこらして窓の外を見たのだけれど、建物も生活している場所もよくわからなかった。

きっと、駅から離れたところに建っているのだろう。

天井で瞬いていた電球の灯りは、いつの間にか消えていて、月明かりのみで照らされた車内はとても美しかった。

まるで古いセピア色の映画のようだった。

今ではもうめったに見ることもなくなったけれど、たまにそういう機会がある。

モノクロ、セピア色の世界。

きめが細かくて、滑らかで、とても美しい。

心地よく揺れながら、そんなことをいろいろ考えていると、ふと、ふたつ前の席に、こちらを向いて座っている小さな子がいるのに気がついた。

女の子だ。

白い、うさぎの耳つき帽子をかぶり、同じ色のやわらかそうな服を着ている。

そのうぶ毛のような生地が、風にやさしく揺れている。

両の手を椅子の背の上に載せ、ちょこんと顔を出して、少しワイン色がかった黒い瞳で、こちらを見ている。

わたしが、

「こんにちは」

と言うと、その子はにっこりした。

よく見ると、おぶい紐が肩からかかっていて、背中に小型の臼のようなものを背負っている。

臼の中には木でできた杵が入っている。

『変わったものを持った子だな』

と思いながら、

「ひとりで来たの？　誰かが駅で待っているの？」

と聞くと、その子は、こくんと、うなずいた。

その子は、なおもこちらを見つめている。

視線の先を辿ると、わたしの服の胸元のあたりを見ている。そこにあるのは、にんじんのブローチ。

それは、数日前の夜、三日月《みかづき》の明かりのもと、窓際の机の上を小さなスタンドで照らしながら、作ったものだった。

丸みのある小型のにんじんが、オレンジ色と黄色のふたつ、仲良く並んでいる。

三日月の明かりで作ったためか、同じ形に少し曲がっている。

『これが気に入ったのかしら』

その子は、椅子から降りて、とことこと、わたしのひとつ前の席に移動してきた。

なおもじっと見つめている。

わたしは、胸元のにんじんをひとつ外すと、腰を浮かせて、

「はい、おひとつどうぞ。プレゼントしますね」

と、前の席にいるその子に渡した。

その子は、にっこりとして受け取り、にんじんを見ている。

うれしそうだ。

そしてまた、わたしの胸元を見た。

じっと、見つめている。

ん？　もしかして、

「もうひとり誰か、弟か妹がいるの？」

こくんと、うなずく。

わたしは、もうひとつの黄色い方も外し、

「落とさないように、ここのところにつけましょうね」

と、その子の襟元にふたつ並べてつけてあげた。

小さなもみじの手で、触れている。

「ひとり分しかないと下の子がかわいそうだものね。やさしいお姉さんね」

と言うと、その子はにっこりした。

『ふたつ、作っておいてよかったなあ』と思った。

すると、その子は席から降りて、また、とことことふたつ前の席に戻った。

襟元のにんじんブローチを触っている。少しうつむいた耳つき帽子のうれしそうな後ろ姿。

しばらくして、外を見ている彼女のまるい瞳の横顔が見えた。

ちょこんと少し上向きの小さな鼻。

頬のうぶ毛が、やさしく風に揺れている。

わたしも同じく、外の景色を見た。

藍色の景色が、どこまでも続く。

なにもなく同じように見えても、でもきっと、少しずつ違っていて、いろいろな人が住んでいる家があったり、それぞれの遊び場があったり、おいしいものを売る店や、生活をする場所があるのだ、あそこにも。

知らない人や、それ以外の者たちもいて、動物たちもいて、知らない言葉で「こんにちは」と挨拶する。

『それは、どんなかな?』

少し考える。

きっと、良いこと、楽しいに違いない。

列車は速度を落とし始めていて、また、どこかの駅に着くみたいだった。

『なんという駅かしら』

今度は、アナウンスの声もない。

『名もない駅なのかしら』

列車が止まった。

窓の外を見ると、向こうに、帯のような藍色の河があり、その中に、ぽっかりと、金色のまるい島が浮かんでいた。

遠いのでよくはわからないけれど、ぽこぽことくぼみがあるように見えたので、『月みたい』と、思った。

それが水の中から、半月のようにぽっかり半分まるく顔を出し、まるで浮かんでいるみたいだった。

『変わった島だな』

ふと、先ほどの子のことを思い出し、前の席に目をやると、その子はもういなくなっていた。

『あれ？　いつの間に。どこへ行ったのかしら』

あたりを見渡したのだけれど、列車の中にはいない。

目の端の方、窓の外で、なにか動くものがあったので、そちらの方を見ると、先ほどの女の子だった。

その子はいつの間にか、月のような小島の近くを、とことこと歩いていた。河を飛び石伝いに渡って島に着くと、背中の紐に手をやり、「よいしょ」と荷物を下ろし、紐を解いた。

そして、白いぽってりした湯気の立ったものを臼の中に入れると、杵でぺったんぺったんと音を立て、つき始めた。

餅をついているのだ。


『あ』


あの子は月に住むうさぎだったのだ。

そうに違いない。

うさぎは本当に月にいて、餅をついているのだ。

それがわかって、わたしはにっこりした。

かわいらしい子うさぎは、ぺったんぺったんと、なおも餅をついている。

月の島は、ぼんやりと微笑んでいるみたいだった。

その島は少しぽうっと照っていて、うさぎの餅つきは切り絵のように見えた。

島の向こう側から、大人がふたり出てきた。

うさぎの耳つきの白いふわふわの帽子をかぶり、にんじんの花模様のエプロンをかけているのはお母さんかしら。にんじんの花は、白く、繊細な線香花火のような形をしている。

もうひとりの背の高い方は、お父さんのようだ。黒耳のうさぎ帽子に、にんじんの葉模様の細身のネクタイ。月見だんごのような、フチなしのまんまるメガネ。

お母さんは、赤ちゃんを抱っこしている。

その子も白い小さな耳つき帽子をかぶっていた。口には、にんじん色のおしゃぶりをくわえている。

餅をついていた女の子はうれしそうにみんなを見上げ、杵を臼の中に置くと、手を襟元にやりながら、赤ちゃんになにか聞いている。

きっと、「どちらのにんじんがいい？」と聞いているのだろう。

赤ちゃんは、女の子よりもさらに小さな手で一方を指した。

女の子は「こちらね」とでも言うように、にんじんのブローチの片方、黄色の方を外して、赤ちゃんの服につけてあげた。

赤ちゃんはそれを見つめて、うれしそうに触っている。

すると、女の子がわたしの方を指差した。

「あの人がくれたの」と言っているみたいだった。

母うさぎと父うさぎは、わたしの方を向いて、おじぎをしてくれた。

わたしも『はい、どういたしまして』とお返しした。


『餅を買いに、おつかいで、列車に乗っていたのかしら』

そう考えながら見ていると、女の子は再び杵を持ち、また、ぺったんぺったん、餅をつき始めた。

父うさぎは、臼を手で支えながら、「ほら、頑張って」と言っているみたいに、子うさぎを見つめている。

赤ちゃんは、白い小さな手をお姉さんうさぎの方に伸ばしている。

「遊んで」

「ちょっと待っててね。これが終わってからね」

そう言っているのだろうか。


ぺったん、ぺったん。

夜の空に、餅つきの音が響く。

おいしそうなにおいもしてきた。

『できたて、食べたいな』

そんなふうに思いながら、見ているわたし。


「月にはうさぎが住んでいるの。それでね、お餅をついているんだって」

幼いとき、母にそう教わったことがある。

そのときからずっとわたしは、真剣に見つめていた、月を。

「どうしてうさぎなのかなあ。そんなふうに見えないけどなあ」

母は言った。

「月の表面の黒っぽいところが、うさぎに見えるでしょう」

けれど、わたしにはどうしてもそれが、女の人が微笑んでいるように見えてしまう。

友だちに話すと、

「ふぅん。あ！　わかった。ほら、うさぎがぴょんと跳び上がって、お餅をついているように見える。ほら！」

と地面に石で絵を描いて教えてくれたのだけれど、よくわからなかった。

誰もが、「うさぎの餅つき」と言ったが、わたしにはどうしても、女の人がやさしく微笑んでいる顔に見えるのだ。

だけど、

「やっぱり本当にいたのだ。お母さんの言ったとおりだった」ということがわかり、そして、はじめて月のうさぎに出会うことができて、とてもうれしかった。

わたしが見た女の人の顔は、もしかしたらお母さんうさぎだったのかもしれない。

あの子たちは、あのあと、お餅をまるめておだんごにして、お月見をするのかしら？

すすきもそえて、みんなで並んで。

その様子を思い浮かべてみたけれど、それは、とっても素敵な情景だった。

河から夜の風がやさしく吹いて、わたしの頬をなでた。

ガタン

列車がゆっくりと動きだした。

藍色の夜の中にすすきが浮かび、その中を行く列車。

どこまで行くのか、どこまでも行くのか。

いったいどこからが空で、どこまでが地なのか。

ときおり、チロチロと銀に光るあそこは、たぶん河なのでしょう。

どこまでも続く夜色の中を列車は進んでいく。


しばらくして、列車はまた速度をゆるめた。

ガタン、シュー
小さな駅に着いたみたいだった。

外を見ると、すすきの原の真ん中に、石を積んだだけの駅があった。

そこに、星明かりの逆光でよく見えないけれど、黒っぽい、親子連れらしきシルエットが、むっくりと立っていた。

パタン。

ドアが開くと、その人たちは列車に乗ってきた。

のっそり、のっそりと。

車内の裸電球の灯りで、ようやくそれが誰だかわかった。

『熊！』

大きな熊と子どもの熊なのだった。

お母さんらしき熊は、入り口に近い席に座った。

子熊は、きょろきょろ見回して、わたしと目が合った。

『こんにちは』

目で挨拶すると、こちらに来ようとした。

手に、毛糸玉みたいなものを持っている。

それをこちらに見せて、

『ほら、ぼく、こんなの持っているんだよ。いいでしょう、えへん』

とうれしそうに少し得意げにした。

見るとそれは、ぼそぼそとあちこちほつれた、でも、とてもかわいがられているのがわかる、黒い熊のぬいぐるみだった。

『熊の子が熊のぬいぐるみを持っている』

わたしは、くすっと笑った。

『なんだか、かわいいの』

その子は、遊んでほしいそぶりをした。

けれど母熊は、「バウ（ほら、きちんと座りなさい。もうすぐ出発するから、危ないわ）」と少し強めに言った。

子熊はしぶしぶ母熊の横の窓際の席に行くと、うんしょと、まだ短い手足で苦心して椅子に座り、くるっと後ろを振り向いて、わたしの方を見た。

だけど、またすぐ母熊に、

「ヴー……（ほら！　後ろを向いていないで。まっすぐに座るの）」

と注意され、しぶしぶ前を向いた。

わたしも子熊と話したかったけれど、我慢した。

母熊が上体を少し浮かせ、窓に手を伸ばし、木の枠をガタガタさせて開けた。

外の風がさらさらと入ってきて、やわらかな熊の毛が気持ちよさそうに揺れた。

うっとりとその風にあたっている子熊の横顔がとてもかわいらしかった。

列車は静かに進んでいく。
母熊は、首にかけていた袋から木の実を取り出して、子熊に渡した。
おやつみたいだった。
子熊はそれを受け取り、まだ爪の短い手で、器用にむいて、口に入れた。
カリ、コリ、カリ、コリ。
静かな列車にこだました。
母熊は、首にかけていた小さなツボを外し、蓋を取った。
「クフン……クプ（さあ、のどが渇いたでしょう。これも飲んで）」
子熊は受け取ると、こくんこくんと、おいしそうに飲んだ。
甘いはちみつのにおいがした。
そしてそれは列車の中に、ふわんと漂った。
満足顔で子熊は母熊にツボを返した。
母熊は布で子熊の口を拭いてあげ、

「バーウ（さあ、おとなしく座っているのよ）」

と言った。

「クゥン」

母熊は肩から提げたポシェットから葉っぱを何枚か取り出して、子熊に渡した。

子熊は一枚取って残りを座席の横に置き、手にした葉でなにか折り始めた。

やわらかそうな、折りやすそうな、葉だった。

『葉っぱの折り紙ね』

ふふっとわたしが笑うと、子熊は母熊が向こうを向いている間に、すこーしこちらを向き、

『そうさ。ボク、こういうの得意なんだ。上手に折れるんだよ』

と目で言って、椅子の横からそっと自分の作った笹舟のような形のものをわたしに見せた。

それはとても素敵で、ちゃんときれいな舟になっていた。

得意げな子熊。

『わたしも上手に折れるもの。折りっこしたいね』

『うん』

目で答えると、子熊は座席の横に置いた一枚を取り、また折り始めた。

上と下を折って長方形にし、その両端を幅が三等分になるように切れ目を入れて、右の端を左の端に通し、笹舟のような形にすると、手を高く上げ、こちらに見えるようにした。

母熊がそれに気がつき、「まあ、きれいに折れたわね。とても素敵だわ。あとで河に流しましょうね」と言っているみたいだった。

こくんと、うなずく子熊。


ガタン、ゴトン。

列車は静かに進む。

しばらくして、母熊が、

「さあ」とでも言うように、外の景色に見惚れている子熊を鼻先でとんとんと押した。

どうやらもうすぐ、目的の駅に着くみたいだった。

子熊は、「クフン」と言って、椅子から降り始めた。

母熊は、子熊を気にしながら、先に歩き始めた。四本足でゆっくりと、子にあわせながら。

やがて列車は止まり、降りる客を待った。

子熊は母熊のあとをとことこと続く。

後ろから降りるらしく、木の通路をこちらに歩いてきた。

近づいてくる。

通り過ぎるときに、子熊がふとこちらを向いて、口にくわえてきたものを、わたしのひざの上に置いた。手のそばに、ちょん、と。

見ると木の実だった。

大きなクルミだ。ふたつある。

わたしが見つめていると、子熊はこちらを見上げて、にこっと目で微笑んだ。
「一緒に遊びたかったよ」と言っているみたいだった。
『わたしも。今度どこかで遊ぼうね』
わたしも目でそう言った。
そのまま、母子は出ていった。

河からの風が、甘い香りを運んできた。
「ぶどう」
ふと、つぶやくわたし。
甘いぶどうのにおいだ。
どこかで生っているのだろう。
『どこにあるのかな?』
あたりを見回したけれど、暗くてよくわからなかった。
藍色の河のずっと向こう側からかもしれない。

わたしは薄緑色のぶどうが好きだ。

マスカット。

濃い紫色のもおいしいのだけれど、マスカットの方が色もきれいだし、青い木の香りがするもの。

それがとても良い感じなのだ。

母が、たまに食卓に出してくれると、とてもうれしかった。

『これは、マスカットの香りだ』

風に乗って運ばれてくる。

さわやかな木の香り。


ふと気がつくと、先ほどの熊は、いつの間にか姿が見えなくなっていた。

降りたあたりを見てみる。

いない。

もっとずっと先を見た。すると、熊が、地面と空の間のあたり（実際、どこからが空で、どこまでが地面なのかよくわからないのだけれど）から、星に足をかけて、空へと上っていこうとしているのが見えた。

銀の大きな三角形に着き、そこから、にょろにょろしたリュウ座に上るところで、子熊が、なかなか足をかけられないでいた。

母熊は、少し上で見ている。

苦心しながら子熊は、

「うーんうーん、待ってよー」

そう言っているみたいだった。

「ほら、頑張って。もうすぐよ」

母熊に励まされて、ようやく上ることができて、「ふぅ」と、ため息をついて、空の自分のいるべき場所に寝そべった。

母熊も安心して、自分の場所に行った。そしてそのままキラキラと光り、星座になった。

どこからか、竪琴の音が、ポロロンと鳴った。

「よかったね」と言っているみたいだった。

星の空は、いろいろなものが住んでいるのだ。

風に揺れながら、わたしは静かにそう思った。

ガタン、ガタン
列車はゆるやかに揺れ、進んでいく。

星が瞬き、ときどき流れるものもある。

と、突然、ざーっと目の前が開け、目映い黄色の光が現れた。

トンネルから抜け出たときみたいに眩しくて、目をぱちぱちしていると、だんだん慣れてきて、なんとか見ることができるようになってきた。


一面の黄色が目に飛び込んできた。

たんぽぽと菜の花の畑だ。

見渡す限り咲いている。
向こうの方に木でできた家があり、その前で手を振っている人がいる。
懐かしいその姿、声。
母だ。
「ゆきちゃーん」
大きく手を振っている。
少し後ろに父もいて、涼しい瞳で微笑んでいる。
「ゆきちゃーん、おいしそうな梨をいただいたの。ほら」
母は、まるいふくふくとした、おいしそうな梨を手に持って、かかげた。
見るからに甘い水を含んで、大きくたっぷりとしている。
『あれは仙人の梨だ』
すぐにそう思った。
ずっと前に見た絵本にあったのだ。

それは、真夏の真っ盛り、暑い暑い昼下がりの物語。

貧乏だけれど正直な村人たちのところに、梨屋さんが、リヤカーに梨をいっぱい積んで売りに来た。

「梨ー、梨ー、梨はいらんかねー。おいしい、おいしい梨ー」

本当においしそうで、みんな、ごくりとのどを鳴らすほどだった。

だけど、高くて、とても買える値段ではなかった。

梨屋は、広場の中央に来ると、中からひとつ梨を取り出し、むいて、むしゃむしゃと食べ始めた。

みんな、黙ってそれを見つめている。

するとそこへひとり、身なりのみすぼらしいおじいさんがやってきた。そして、広場の真ん中に立つと、持っていた杖を地面に突き刺し、両手を高く上げた。

杖を刺したところから、小さな芽が出て、葉っぱが出て、それがどんどん大きくなり、大木になった。

木には花が咲き始め、真っ白くゆっくりと開き、やがてしぼんで丸くなり、大きくふっくらとしたみずみずしい梨の実が生った。

「さあ、みんな、食べなさい」

おじいさんの手ぶりの合図で、村人はいっせいに駆け寄り、梨をもいで、もぐもぐと食べだした。

「おいしいね」

「おいしいよ」

皆、にこにこと。

やがて全部食べ終わると、あとは木だけになり、おじいさんもいつの間にかいなくなっていた。

村人たちは、満足顔でほくほくと家に帰っていった。

その様子をぽかんと見ていた梨屋は、ハッと気がつき、自分のリヤカーを見た。

そこにはひとつの梨も、残ってはいなかった。

杖のおじいさんは仙人だったのだ。

せっかく売りに来たのに、全部食べられてしまうなんて、

『なんだか、かわいそうだな』

と、わたしはそのとき思った。

梨屋さんだって、高いとは言っても、一所懸命に育てた梨をただ売ろうとしただけなのだもの。

良いことをしているように思えても、実は、必ずしもそうだとは限らないのかも。

わたしは、母に向かって言った。

「うん、食べる！　でもね、今から少し行くところがあるから、帰りにまた寄るね。待ってて！」

母は、にっこりうなずいた。

「うん。わかったわ。あのね、それからね、ほら」

「あ！」

母の手が示す方を見ると、女の子が立っていた。

やわらかな髪、ふわふわの巻き毛をやさしく揺らしながら微笑んでいる。

それは、わたしが小学校一年生のときに、一度だけ会ったことのある女の子だった。


小学校に上がったばかりの頃、わたしは給食が好きではなかった。

母の作ってくれた料理の方が、ずっとおいしかったから。

学校の冷えかけたご飯のことを、

『いやだなあ。お母さんのごはんの方があっさりしているし、おいしいなあ。それに量が多いのだもの。こんなに食べられない』

と思いながら、いつもいやいや食べていた。

でも、残してはいけない決まりなので、頑張って努力して食べていた。


当時、クラスの中にひとつ、空席があった。

身体が丈夫ではない子、とのことだった。

入学してからまだ一度も見たことがなかった。

わたしもよくお休みしたので、入れ違いになり、なかなか会うことができなかったからなのかもしれないけれど……。

『ずっとお休みしているのだな』

ぽつんと空いたその席のことを、たまに見ていた。

そんなある日のこと。ふっと、はじめて見る顔の子が、教室の真ん中あたりに立っていた。

その子は、にこにことみんなのすることを、ただ楽しそうに見ていた。

誰に話しかけるでもなく、誰かが話しかけるでもなく、でもとても楽しそうに見ていた。

『あ、あの子だ。ずっとお休みしていた子だ、そうに違いない』

すぐにそう思い、話しかけてみようと近づいていった。

名札に名前も書いてあった。

えむさん。

給食が終わった昼休み。わたしは「今日の給食どうだった？」と聞いてみた。

きっとえむさんも、「おいしくなかったよ」と言うと思っていた。

そしたら、「ねーっ、そうだよねー」と言おうと待っていた。

でも、えむさんは、

「うん。あのね、すごくおいしかったの。わたし、なにもかもはじめてでしょう。今まで、ずっとお家の部屋の中にいたのだもの。本当は学校に行きたくて行きたくて、仕方がなかったの。だからうれしくって。みんなのやっていることも、おもしろそうで、見ているだけでも楽しいの。給食だって、おいしくって、なにもかもがとっても楽しいの」

と大げさすぎるくらいの身ぶり手ぶりで、答えてくれた。

わたしは、ぽかーんとしてしまった。

でも、『なんて、やわらかくかわいく笑うのだろう。まるで春のたんぽぽの綿毛のようだ』と思った。

チャイムが鳴ったので、そのときはそれですぐ別れたけれど、離れ際にわたしの方を目で追っていた、えむさん。

『もっと話したそうにしていたな』と思いながらも、わたしは席に着いた。

そのあとは別の友だちに誘われて、外の遊びに加わった。

えむさんは、すぐにまた学校をお休みして会えなくなった。

また具合がよくないのかなと思ったけれど、日にちが経つにつれて忘れていった。

そしてそのまま会えなくなってしまった。

入院したとか、なにか、そんなふうなことをほかの子が言っていたような気がする。

わたしはあのとき、思った。

『ごめんね。もっと遊べばよかった。わたしだったら、もっと静かに遊べるのに。

絵を描いたり、図書室で本を読んだり。中庭の散歩や、てんとう虫の指止まらせ遊び。あれっておもしろいんだよね。人差し指に止まらせると、どんどん上に上っていって、指の先のてっぺんに着くと、パカッと背中の羽を広げて、そのまま飛んでいってしまうの。きっと楽しいと思う。いろいろなことお話ししたり、もっとたくさんできたのに』

ごめんね。

『あのときの子だ』

その子は、たんぽぽの綿毛のように、やわらかく微笑んでいた。

病気で、あまり動くことができない子だったことを思い出し、

「待っててね。今度はもっとたくさん遊ぶのだから。お絵かきしたり、本をたくさん一緒に読もうね」

と窓から大きな声で叫んだ。

その子はうれしそうに微笑んでうなずいた。

「お部屋で静かに遊ぼうね。少しだけ、散歩もいいかな？　ゆっくりと歩くから

ね。花壇のところ、今きれいな花が咲いているし、とっても素敵なの。きっと楽しいよ。わたしだったら、一緒に、それができるもの。いっぱい遊ぼうね。ずっとだよ」

みんなが、にこにこ見送ってくれている。

えむさんの少し後ろに、小学校のときに分団の班長だった上級生のお姉さんがいる。

彼女は手に裁縫箱を持って、にこにこしている。

あの中には、針や美しい糸、きれいな形のボタン、かわいい模様のハギレなどがたくさん入っているのだ。

彼女は、それらで器用に蝶々結びのかわいらしい形のリボンを作り、できあがると、にっこりして、大切に中にしまっていた。

わたしにとって「憧れの素敵な箱の中」だ。

『わあ、いいなあ、かわいいなあ』

いつもそう思いながらそれを見ていた。

あるとき、家で、母の裁縫箱を内緒で持ち出して、中のハギレをはさみで切って、蝶々の形を作るために縫おうとした。

でも、全然うまくいかなくて、なんだかへんてこな、ただのボロい布のかたまりになってしまい、『なあんだ。上手にできないや』と、がっかりしたのだった。

作り方は、ちゃんと見ていたのに。

まだ小さかったわたしの手には難しかったのだ。

しかも、がっかりとしているところに、母が来て、

「勝手に持ち出してはいけません。針、危ないじゃない」

と、叱られてしまった。

そして裁縫箱は棚の上の上の上の方へ置かれてしまった。

もう手が届かない。

『つまらないの』

そのお姉さんの斜め後ろのところに、お兄さんたちがいる。ひとりは少し背が高く、もうひとりはやや小さい（でも、わたしよりは大きいのだけれど）。

大きい方の子は、手にタモを持っている。

小さめの方の子は虫籠を持って、少しふくれている。

タモが一本しかなくて、持たせてもらえなかったのかな。

いつもいつも遊びに来てくれたね。隣町の金魚祭りへも連れていってくれたね。

「隣の町に金魚が来ているよ。赤や黒や、変わった形のも。見に連れていってあげようか」

あのとき、とってもうれしかった。

楽しかったの。

ありがとう。

大人たちはみんな、なにも言わず急に家からいなくなったわたしのことを、とても心配したけれど。でも、わたしはすごく楽しかったの。
だから、『また、行くもん』と思っていた、あのとき心の中で。
最後、会えなくなる日は、とてもとても寂しい思いをしたけれど。でも、また、
こうして会えたのだもの。
だからわたしは、
「もういいの」
うん、きっと、また遊んでね。
隣町もそのまた隣も、そのまた、ずっとずっと先へも、遊びに行こうね。
連れていって。
いつもいつも、わたしのこと呼びに来て。

母たちの立っている後ろは、家の窓が開いていて、白いカーテンが揺れている。
風がカーテンを大きく揺らして、奥の座敷の部屋が見えた。
家族でそこに眠った、一番思い出深い場所だ。

その真ん中に、小さな子が眠っている。

弟だ。

上を向いて大の字になって、すうすうと寝息が聞こえるようだ。

弟はよく眠る子だった。

なかなか眠らず、寝ても眠りが浅く、夜中に起きだして、月を見たり本を読んだり、絵を描いたり……そんなふうに遊んでいて、よく叱られたわたしとは大違いだ。

春先に、「花電車、見に行きましょうね」と、母が抱っこしてくれたことがあった。

『あれ？　どうしてわたしが抱っこしてもらえるのかな』と、部屋の中を見ると、弟は眠っていた。

『ああ、だからなのね』

いつもは弟が抱っこされる、母に。

でもわたしは、「お姉さんだから」仕方がないの。

わたしは歩くからいいの。だって大きいのだもの。

だけど、ときどき弟の眠っているときだけ、わたしは抱っこしてもらえたのだ。

そんなとき、とてもうれしかった。

歯医者さんのときもそうだった。

不思議なものがたくさん置いてあるアンティークな窓の外から、少し暗めの光が差し込んでいる、あの素敵な歯医者さん。

あそこへ、わたしだけ連れていってもらえたときも、弟は眠っていた。

まだ小さかった弟は、家で祖母とお留守番。


母に抱っこしてもらって見た花電車は、とてもきれいだった。

花バスも、車体全部が美しい花で飾られていて、とっても素敵だった。

『きれいだなあ』とわたしは見惚れた。

思い出にひたりながら、あまりにじっと見つめるものだから、家の中で眠っていた弟がむずかりだした。

「ううん」

目をこすっている。

起こしてしまったみたいだ。

ひとつ下の赤ちゃん。

かわいい、小さな、わたしの弟。


みんながわたしを見ている。

母は手を振り、「待ってるね」と言っている。


こんなふうに続いているんだね。

こういうふうにつながっていたのね。


どこまでも続く、黄色の花畑。

菜の花、たんぽぽ、じしばり草。

家の周りには柵があるけれど、ところどころ壊れている。

隣の家から隣の家へ、延々と続く無限の遊び場。

わたしはいつまでも、見ていた。

見えなくなっても、ずっとずっと見つめていた。

カタン、カタン
列車が揺れる。

薄い藍色の空になっていった。

その向こうの方に森のようなところがあり、影絵のようなこんもりした木々の合間から、金色に、ぽうっと光がもれている。

ちらちらと人影が見える。

小さな人影だ。

おでこの真ん中より少し上あたりに、光る星型の飾りがついている。

『あれはきっと、星の子たちだ。ここは星の生まれるところなのだ』

そんな気がした。

それは遠くて、目で見たわけではないのだけれど、映像みたいに、心に浮かびあがってきた。

気持ちのよいやわらかな地の白い服を着た、くるくる巻き毛の小さな子たち。

「こらこら、押してはいけないよ。順番じゃよ」

白く長いひげの男の人が声をかけると、

「はーい」

白い顔のかわいらしい子たちが、ピンクの頬でにこにこ返事をした。

みんな、生まれる順番を待っているのだ。

「まだかな？　まだかな」

くすくすくす。

「ほら、静かにしないと、また叱られるよ」

ひそひそ。

「だっておかしいんだもの。君のその星、少し横についているよ」

「え？　ほんと？」

あわてて手をやるのだけれど、まだ小さいものだから、おでこの上に手が届かない。

「いいよ、ぼくがやってあげる」

手を伸ばし、背伸びして、星をまっすぐに直してあげる。

「はい、これでもうだいじょうぶ」

「ありがとう」

「うん、いいよ。きちんとしていないとね」

「順番にきれいな星になるのだものね」

ふふふ、と笑い合いながら。


星が生まれる祭りの、音楽が聞こえる。

列車は星の子たちから遠ざかっていく。

もれる光が見えなくなっても、わたしはしばらく見つめていた。

窓の外の、流れる星を見ていて、ふと、数列前の窓際に人がいるのに気がつき、目を向けた。

さらさらの前髪、心地よさそうに窓の外を見ているその横顔。

見覚えのある、その姿。

それは、わたしが学生だった頃のこと。

友だち数人と、さらにその友たちと待ち合わせたところに、その人は来た。

二月半ば、まだ春は少し先の、みぞれまじりの雨が降る寒い日だった。

早く着きすぎたわたしは、震えながら立って待っていたのだった。

そこへその人が来た。

その瞬間、薄いグレーの曇り空から白い太陽が現れ、日が差し、そこだけがさあっと明るくなって、春のようにあたたかく感じた。

ふわりと服を揺らし、風をまといながらその人は歩いてきた。

『あの人も、この列車に乗ってきたのだ』

なんとなく、うれしいわたし。

すすきの原のずっと向こう、ところどころにこんもりした木があり、ときおり、葉の奥がガサッと音を立てる。

小さな生き物か、鳥がいるのかも。

すすきの根元のところは、透けるような藍色で、月に照らされ、ときおり銀色に光る。水が流れているようだ。

「次は～天《てん》の河《かわ》駅～、次は～天の河駅～」

アナウンスの声に、わたしはぼんやりと考えていたのをやめて、列車内を見渡した。

　誰もいない。

「みんな、どこへ行ってしまったのだろう。それともどこかの駅に止まって、そこで降りたのだったかしら？」

　きょろきょろとあたりを探したけれど、先ほどまで乗っていた「あの人」も、知らない間にいなくなっていた。

　乗っているのは、わたしだけだった。

　ゴトン、シュー
　列車が止まった。

「わたしも降りよう」


席を立ち、前の椅子の背もたれに手をやると、それは古い木でできていて、角のところが、ケガをしないように丸みを帯びた形になっている。

椅子の座る部分は、少しこすれて白くけば立ってはいるが、柔らかく座りやすそうな緑の布が貼ってある。

何人も何人もの人を乗せて、走ってきたのだろう。

足元がうす暗く、良くは見えないはずなのに、ずっと前の記憶が残っていて、木の通路が、ドアのところまで、どのくらい続いているのかということも、自然に見える、わかる。

降車用の、開いていたドアから外へ出た。

石の駅に、木でできた小さな無人の改札。

ポケットをがさごそすると、切符が入っていた。取り出すと、アラベスクのツタ模様のような、見たこともない文字が記されていた。

それを、切符入れらしき木の箱の中に入れた。

そして、駅の古い木の柱に、髪につけていた青く薄いリボンをほどいて、それを結んだ。道しるべに。

あとから来る友だちのために。

迷わないように。


バスや電車を乗り継いで、最後は古い列車に乗って、夜の中の、あるのかないのかわからない線路の先の先にある、すすきの原の無人駅に辿り着いた。

でも、わたしの知っているのはここまで。


ここから先は、行ったことがない。

でも、なにかがある、なにかが待っている。大きく素敵な事が。

そう思うとわくわくするのだった。

あたり一面、夜の色。地にはすすきの原が、どこまでも続いている。

いったい、どこまでが地で、どこからが空なのか。

上も下も横も、全部が夜の色だった。

風の中に、少し水気を含んだ感じがあり、そちらの方を向いた。


「向こうの方に河がある」


そうに違いない、と、わたしは、その方向に足を向ける。

すすきをかきわけて、かきわけて、進む。

石に足を取られないように気をつけて。

下に目をやると、すすきと石の間を藍色の透明な水が、ちろちろと音を立てて流れていた。

水がここまで来ているのだ。

足を踏みはずすと、すとーんと落ちていきそうなくらいの、夜の水の色。

わたしはひたすら歩みを進めた。

石と、すすきと、星と月。

ほかには、なにもない。

みんな、どこへ行ってしまったのか。

いえ、最初から誰もいなかったのかもしれない。


すすきの原は、しばらく続いた。

どこまでも続くと思えるくらい、もうずっと長いこと歩いている気がした。

最初感じた「水が近くにある感じ」という感覚は、もう忘れかけそうだった。

だけど歩いていくうちにまた水の音が聞こえてきて、それが、だんだん大きくなっていったので、もう少しでここを抜け出るのだということがわかった。

リーン。

虫が近くで鳴いた。

最後のすすきをかきわけると、目の前が開けた。河原だ。広い、とても広い。
でももうしばらく、石の原を歩いていかなければ、河には着かない。
今までよりももっと、ごろんごろんとした石があり、とても歩きづらかった。
転ばないようにと足の指先に力を入れ、気をつけて歩いた。

そしてようやく着いたのは、藍色にこうこうと流れる広く大きな河。
夜の空と同じ色を映す水面には、銀の星の粒がちかちかと瞬いている。
いったい、どこまでが河で、どこからが空なのか。
水はとても澄んでいて、心の奥まで透き通りそうなくらいだった。

わたしはかがんで、そっと水に手を入れた。
ひんやりとした、その感じ。
けれど、手にあたっているはずなのに、水に触れている感触がない。

水の温度は確かに感じられるのに、手にあたる水の感触がないのだ。

わたしは靴を脱いで水の中に入っていった。

足元の水は確かに流れていて、足は藍色に透き通って見えた。

わたしは、もう一度、手を静かに河の中に入れて水をすくってみた。

そして顔に近づけると、

「あ！」


水は、静かに流れるひんやりした霧のようなもので、その中に、ときおりチカチカと銀や金の星屑が瞬いていた。

ああ、そうだったのだ。

わたしが、水の光だと思っていた、それは、

「星屑だったのね」

藍色の霧の水に星屑。

それがわかり、うれしくて、にっこりした。


「ここは、天の河なのだ」


すくっても、すくっても、あとからあとから流れてくる、つきることのない星の河。

ずっとこうしたかった。

わたしは夜の空を見上げた。

もうすぐ、あの空を通ってみんなも来る。

そうしたら一緒に河に入って遊ぼう。

ずっとここに案内してあげたかった。

ずっとこんなふうに遊びたかった。

「早く、来ないかなあ」

わたしは、何度も何度も、星の水をすくっては、さらさらと流し、いつまでもどこまでも、そうして、遊んでいた。

ふたりの子ども

山間の一本道を、わたしはバスに揺られている。

乗客はほかになく、わたし、ただひとり。

山の上へと向かう、曲がりくねった一本道。

道路は舗装してあるのだけれど、あまりきれいなものではなく、古く、ひび割れていて、ごろんごろんと石が転がっている。

ときどき、ガタン、ゴトン、と車体が揺れる。

木の枝や、葉が、開けた窓から、バサッと入ってくる。

真夏なのに、クーラーはつけていない。

でも、窓からの風だけで、じゅうぶんに涼しい。

ひんやりと湿った山の風。

岩清水をなで、細い川の上を渡って、水の温度を運んでくるからなのだろうか。

だから、こんなにひんやりとしているのだ、きっと。

薄い和紙を合わせたように、木々の葉が重なり合い、陽の光にあたって向こう側の葉が透けて見える。

走るバスの中から見ていると、景色が幾重にも層になっていて、奥に行くほどゆっくりと通り過ぎる。

まるで美しい映像を見ているようだ。

こんな奥まで来ている、わたし。

ここまで人が来ることは、めったにない。

そのくらい、山の奥の奥、人里離れた場所なのだ。

中腹に、ぽつん、ぽつんと家が建っているので、住んでいる人はたぶんいるとは思うのだけれど、人を見かけたことがない。

わたしが来るときは、いつもお昼近くなので、みんな、家の中にいるからなのかもしれないけれど。

朝、とても早くに家を出るというのに、ここまでの道のりが長く、着く頃にはいつも、太陽はてっぺん。真昼になってしまう。

真夏の真昼。みんな、家の中にいるに違いない、きっと。

田舎の木造の家の中は、ひんやりと、天然の冷蔵庫みたいなものだもの。

心地よく過ごしていることだろう。
バスは走る。
曲がりくねったカーブに沿って、上へ、上へと行く。

しばらくすると、山の中腹に作られた、段々畑が見えてきた。
くだものの木もたくさんあり、サクランボ、桃、ライチ、すいか、プラムも
いっぱい実っている。ぽってりとみずみずしく、おいしそうだ。
畑の真ん中に、かかしが、ぽつんと立っている。
ボロの着物が、ときおり吹く風に揺られて、ぱたぱたと舞う。
かかしの顔は、はるか遠くを向いている。
あの山の上、空のずっと向こうの方。
なにを思い、見ているのだろう。

きれいな木々の葉の間を進んでいく。

『静かだなあ』
窓の外を見つめているわたし。
細く入り組んだ道を抜け、山肌に沿ってバスは進む。
遠くまで見渡せる。
山間の谷や、ふもとの村。
どこまでも澄んだ青い空。

ふと、ひざの上の荷物に目をやる。

『今日もあそこへ行くのだ。早く用事をすませよう。待たせないようにしないと』

そっと手をそえて、少しの重みを感じながら、会ったときのことを考える。
『今日は、どんなお話をするのかな』

そのときの、その顔を思い浮かべるとき、すーっと心の中に、やわらかな風が通る。

そしてすぐに、ひんやりした空気が覆う。

わたしは、気持ちが蒼く沈む前に、ひと呼吸をして心を落ち着け、また、窓の外に目をやる。

一週間に一度、わたしはこの先の細い道のずっと向こうにある、お屋敷に用事があり、そちらに向かう。

小さな手荷物を、きれいなツル草模様の布で包んで。

中にお土産もそえて。

用事のあとの「大切な少しの時間」のために。

バスを降りたところに、小さな無人の市場があるので、飲み物の代わりに季節のくだものを買っていこう。

『どれでも一〇〇円です。お金は缶の中へ入れてください』

木でできた、古い小さなバスの待合所には、古い木のベンチの片隅に、ツルで編んだ籠が置かれている。中には、季節のくだものや野菜、きのこなどが入れてある。
料金は空き缶の中へ入れるようになっている。

『今日は、なにがあるのかしら？』

桃かな？
それとも、もう秋の梨が入っている？
プラムもおいしいから好きだな。

この時期、いろいろなフルーツがあるのだもの。
楽しみ。
不揃いで市場には持っていけないのだろう。

だからあんなふうに道端で、少しでも生活の足しになるようにと、置いておくのだ。

そんな売り場のことを考えながら……。

バスは、ゆるやかにカーブする。

揺れに身をまかせ、しばらく行くと、目的の停留所に着いた。

停留所とは言っても、ただ、ボロの木の棒が立っていて、そこに手作りの時刻表が貼ってあるだけだ。

こんな奥にも人がいて、自分たちが困らないように、バスに来てもらうために、目印の木を立て、時刻表も書いて貼ったのだ。

パタン、シュー

バスは、わたしひとりを降ろし、停留所の向こう側にある少し空いている土地で、Uターンをして行ってしまった。

ここは終点なのだ。

停留所の片隅にある無人の市場に、今日はプラムが置いてある。

大小さまざまなのが六つほど。

『ふたつずつ食べられる。大きそうなのを食べてもらって、小さいのをわたしが食べよう。喜ぶかしら。あまりぱくぱく食べるようならば、三つずつあげようかな。あの子たちが喜ぶ方がよいもの。きっと好きよね』

食べるときのかわいらしい姿を思い浮かべながら、にっこりするわたし。

プラムは、ふたつで一〇〇円。

財布から一〇〇円玉を二枚、五〇円玉を一枚、一〇円を、

「一、二、三……あった、あった、五枚、と」

取り出して、缶へ入れる。

チャリン、チャリン、チャリン……。

きれいな澄んだ音が、缶の中で響く。

プラムは、やわらかくおいしそうに水気を含んでいて、表面から滴がこぼれ落ちてきそうだった。

「食べてください」と言わんばかりに。

それを傷まないようにそっと手に取り、ひとつずつ丁寧に、持ってきた袋に入れた。

手荷物の結び目をほどいて、一番上にそっと置く。

そして、布の端を持ち、ふわりと重ねて、キュッ、とまた結んだ。


「これでよし、と。さあ、あともう少しだ」


ここからは、しばらく歩いていく。

山の木々の間の細い道を歩く。

あまり人が通らないものだから、ほとんど、けもの道のようになっていて、草が、もさもさとたくさん生えている。

道なんて最初からないみたいだ。

自分で草を踏みかためて道にしていく。

気温は高いのだけれど、こんもりした木の葉で日陰になっているところが多く、その下を通るとき、ひんやりした空気に包まれ、気持ちがよい。

草や木の枝をよけながら進んでいく。

ときおり、バサッと、なにかが飛び立つような音や、ジジジ……という虫の声が、木の上、足元の草むらから聞こえたような気がして、そちらを向くのだけれど、なにもない。

葉が揺れる。

サラサラサラ

まるでハープのような草の音色。

見上げると、幾重にも重なっている木の葉は、手前の葉が半透明で、遠くに行くほど濃い色に映る。

葉の間から夏の光がもれている。

とても美しい。

チロチロと水の流れる音がするのだけれど、木の根や草に隠れて、それがどこからなのだか、よくわからない。

のどが渇いてきたので、先ほど買ったプラムを食べるときのことを考える。

楽しみ、楽しみ。

『でもやはり、三つずつあげようかな。あの子たちがたくさん食べる方がよいものね』


そうしてまた歩いていく。

しばらくして、ようやく、山の上に、大きなお屋敷の屋根の上の方が見えてきた。
このあたりから道の周りは、少し草が刈ってあって歩きやすくなっている。
きっと、誰かが手入れしているのだろう。

ヒグラシが鳴いている。
かなかなかなかな……。
なんだか、どこかもの悲しい。
こんなに明るい空なのに。

暑いのだけれど、木陰を通るとき、ときおり、すーっと冷たい風が吹いてくる。
山の上に行くほど、風の温度が低い。
高い所の方は、下とは少し違うのだ。
見ると、木陰には、もう秋の植物が少し咲いている。

秋のヴェールが降り始めているのだ。

最初は山の上のほんの一角だけれど、それが、少しずつ、ゆっくりと下に降りてきて、さーっと広がって、山全体を覆うのだ。

やがて、ふもとの村にも……。

そして、もっと大きく広がるのだ。


今はまだ、こんなに暑いけれど。

じきに秋が来て、そして冬になって、春が来て、また夏が来て……。

何度も何度も、移り変わっていく。

永遠に。


ようやく、白い石の塀の近くまで来た。

内側は広い庭になっている。

石の塀の間を通り、中へ。

広い庭の向こうの方、突き当たりに大きな納屋があり、その手前に、稲を刈るときに使う重機や道具が置いてある。

鍬や、そのほかの農機具など、いろいろ。

秋になると、近辺の人たち総出で稲を刈るのだ。

そのときの様子を少し思い浮かべながら、すっと、左の方を向く。


古く大きなお屋敷の、どっしりとした太い木の玄関口。

戸は開け放したままになっている。

昔ながらの日本家屋の中は薄暗く、すーっと涼しく冷たい風が吹いてくる。

奥庭のひんやりした草のにおいが運ばれてくる。

わたしは、玄関から一歩中へと足を踏み入れる。

と同時に気持ちが、シン……と静まる。

外とは全く、異なった世界。

家の中は、全体が蒼くなっていて、時間がゆっくりと流れているようなのだ。

そして、いつもそうなのだけれど、人の気配がない。

本当は何人も住んでいると思うのだけれど、人がひとりも見あたらない。

奥の方にいるとは思うのだけれど。

でも、どうしてなのかな、とは思わない。

それは、普通なことだと思うから。

ごくあたりまえで、それが自然な家なのだから。


古く太い大黒柱。

なにかが潜んでいそうな、あの古い家具の隅のあたり。

高い屋根を支えている木の柱や梁からも、なにか異なるものが、のぞいていそうな……。

でも、じっと目をこらしても、そこにはなにもなくて、ふと目をそらしたときに、すっと、目の端でなにかが通り過ぎたみたいな……そんな気がしたりする。

屋根は藁葺きで、天井を見上げると、草がもさもさしている。

部屋の真ん中に囲炉裏がある。冬は欠かさず火を焚いているのだろう、上の方が黒くすすけている。

黒いすすは、天然の虫よけになるのだもの。それはとても良いこと。

奥の古い大黒柱には、縦長の大きな振り子の時計が掛けてあり、
チック、タック、チック、タック
ゆっくりと時をきざんでいる。

何代にもわたって、使われ続け、受け継がれてきたのだ。

畳も、柱も、家具も、そのほか、さまざまなものも。

静かにそこに置いてある、年季の入った道具や雑貨たち。

この屋敷にとてもよく似合う。

囲炉裏の傍の床板は、手で持ち上げられるようになっていて、そこに、醤油や小麦粉、乾燥した海藻類、豆、そんなふうなものを、保存することができるようになっている。

外がどんなに暑くとも、板を開けると、その中だけはひんやりとした空気が下から上がってくる。

天然の冷蔵庫だ。


古く、自然と一体化した、大きな屋敷。


その、どっしりとした静かな佇まいは、他所の家のはずなのに、どこか懐かしく、もの悲しい。

そして、心落ち着く。


この、今立っている玄関の土間も、とても広い造りになっている。

雨の日など、ここで、子どもが遊べそうなくらいだ。

石のようにも見えるけれど、なにか液状のものをとろりと流し入れてできた、土間。

わたしは、昔、こんなところに住んでいたような気がする。

ううん、そうではなかったかも。

あれは、遊びに行った先の家でのことだったかしら？

それとも、ただ、今、そんな映像が浮かび上がってきただけかしら？

遠い記憶を辿ろうとしても、よくわからない。

昔、こんな家に住んでいて、はだしで庭や草原を歩いて、小さな虫や生き物を捕まえたり、花飾りを編んだり、木の上にボロの板で家を作ったりした。

雨の日は、囲炉裏のそばや、この土間で遊んだ。

ゆっくりと流れる永遠の時の中、そんなふうに過ごした気がする。


ひんやりとした風が奥から吹いてくる。

蒼い空気が一帯に流れる。

そして、すーっとした、ハッカと甘い綿飴の混じったような、そんな香りが、細く白い糸のように漂ってきた。

『いる』


わたしは、ここで、まず、目をこらす。

土間の向こうの方、左の、石の通路の手前に、いつもいるはず。

でも、なかなか姿が見えない。


『あれ、今日はどうしたのかな。プラム持ってきたのだけれどな』


そう思い、あたりを見回しつつ、もう少し中に入る。

明るい戸外から急に薄暗い家の中に入ったものだから、よく見えなかったのだけれど、だんだん目が慣れてきて、少しずつわかるようになってくる。

すると、土間の奥に、ぽうっ、ぽうっ、と立っている影が見えた。

小さなふたつのシルエット。

『ふたりの子』

ふたりの子たちは、こちらをじっと見ていて、わたしを認めると、近づいてきた。

いつもそうなのだ。

ひとりは少し小さくて、たぶん二歳半くらい。

ピンク色の三輪車をキコキコこいで、こちらへ来る。

その子よりももう少し大きい、たぶん五歳半くらいの子は、お兄さんなのだろう。

目の印象がとてもよく似ているもの。

とことこと近づいてくる。

『いた。よかった、今日も会えた』

ふたりとも、だぶだぶの服、よれたズボン。
肩のところが、ずり落ちそうで、明らかに誰かのおさがりと思われる服を着ている。
靴もサイズが合っていなくて、ぶかぶかだ。
黒く大きな瞳。
小さな身体、細い手足。
近くまで来ると、わたしの方をじっと見つめ、立っている。

「こんにちは」

わたしが言うと、静かな声で、

「こんにちは」

「こんにちは」

その子たちは、あまり自分から話をしない。
表情にも、気持ちを表さない。
誰に対してもそう、だ。

だけど、わたしには違う。

こちらから、話しかけたとき、瞳の奥の窓が開かれ、灯がともる。
わたしはそれがとてもうれしい。
それはとても珍しいことなのだ。
わたしは、毎週ここに来て、彼らに会うのを楽しみにしている。
同時に、とても気になっている。

『なぜ、いつもここにいるの？　玄関の奥の片隅で、ふたり、ぽつんとしているの？』

でも、それを聞くともう会えなくなりそうな、怖いような、不安なような、そんな気がして、まだなにも言えないでいる。

用事を先にすませなければならないので、
「待っていてね、すぐにまた戻ってくるから」
と、わたしが言うと、その子たちの黒い瞳の奥の窓が、さらに大きく開かれる。
表情には表さない。
でも、じっと見ていると、目でわかるのだ。
『うん』って言っていること。
それが、わたしはとてもうれしい。

『待っていてくれる』

土間で靴を脱ぎ、わたしは奥へと入っていく。
わたしの後ろ姿を見つめているふたりの子の視線を感じながら、
『あの子たちが待っていてくれるのだもの。早く用事をすませないと』
と、長い廊下の奥へと向かう。

しばらくして、用事をすませ、土間に戻ってくると、ふたりの姿が見あたらない。

少し不安になり、彼らを目で探す。
ふと、『待っているのは彼らだけではない』と、気がつく。
それは、わたしも同じ。
彼らに会うために、わたしはここに来る。
深く、哀しく、あたたかい。

そういう気持ちがあることに気がつく。


と、そのとき、奥の方に白い小さなふたつの顔。

彼らはちゃんとそこにいたのだ。

そして近づいてきた。

小さい子は、三輪車でキコキコと、大きい方の子は、とことこと。

そのかわいらしい姿。

すぐそばまで来ると、わたしの顔を見つめて立ち止まる。

わたしは玄関のところに腰を下ろす。

すると、小さい方の子が、三輪車を降りてとことこと近づき、わたしのひざに乗ってくる。

静かに見上げる、黒く大きなその瞳。

もうひとりの兄の方も、わたしにぐっと近づき、わたしのひざを見る。

でも、『もう弟が乗っているので自分は乗れない』と、少しがっかりした顔をする。
だからわたしは、片方の手をお兄さんの肩にそっと置き、静かに引き寄せる。
見上げたふたりの瞳の奥が大きく開かれる。
そうしてわたしは、いつもその子たちと話をするのだ。
「元気だった？」
こくんと、うなずくふたり。
わたしの問いかけに、彼らはポツンポツンと、答えてくれる。
少し恥ずかしそうに、静かで小さな声で。
わたしはそれがうれしくて、その時間が、とても大切。

その子たちは、ほかの人には、決してそんなふうにはしない。
わたしにだけ、そんな表情を見せてくれる。
ひざの上に乗ってきてくれる。
だからわたしも彼らにだけ、お話しする。

うれしくて楽しくて、しばらくそうしていると、そろそろ行かなければいけない時間になってきた。

用事は早く終えたし、もっとたくさん時間はあったはずなのだけれど。

こんなに早く終わってしまうとは。

わたしは、『そろそろ行かないと』と思いながら、

「ちょっと、待ってね」

と、小さい子をひざからやさしく抱き下ろすと、荷物を結びなおして帰る支度を始めた。

すると、お兄さんの方が、おずおずと、でも、決心するようにすっと顔を上げ、

「あのね、ぼくね、奥の方に手を洗いに行きたいんだけれど……」

と言ってきた。

どうやらわたしに一緒に行ってほしいらしい。

その子が、そんなふうに自分の気持ちを言うことは、はじめてのことだった。

彼らはわたしに決して、
「こうしてほしい」
とは言わない。
いつも、ただ、黙っているのだ。
黒い瞳でじっと見て、口を結んで。
やがて時間がきて、わたしが帰るときにも、

「もう少しいて」

とは決して言わない。
帰っていくのをただ黙って見つめているのだ。

はじめてのことだった。

そんなふうに、わたしに言ってきてくれたことは。
だからわたしは、少しの驚きと、たくさんのうれしさで、
「うん、いいよ。一緒に行こうね」
と言い、荷物を横に置いた。
すると、大きい方の子は、とてもうれしそうにした。
わたしも、心がほっこりとし、すごくうれしかった。
弟の方が『自分も行こう』と、わたしと手をつないできた。
「あ、ボクが」
と、そこで兄の方と少しケンカになりかけた。
自分が手をつなぐのだ、と言う。
わたしは、
「あ、ほら、ケンカなんてしないの。だいじょうぶ。こちらの手があるもの。ね、
ふたりとも一緒につなごうね」
と言うと、こくんと、うなずいた。

そして右手と左手に、ひとりずつつないだ。

「あ、待ってね。そういえば今日は途中でおいしいくだもの買ってきたの。これも洗わないと。一緒に食べようね」

いったん、そっと手を離し、わたしは荷物の中からプラムの袋を出して、腕にかけた。

プラムの甘く酸っぱい香りが、ふうっと漂う。

ふたりは、それを見つめる。

「早くむいてあげないとね」

三人は見合い、目で微笑んだ。

あとの荷物は土間に置き、ふたりと手をつないで、奥の方にある水場へ向かった。

古い木の廊下は、歩くたび、ぎしぎし、いう。

長く長く感じる。

ふたりと手をつないでいるわたしは、うれしくて、心が、ぽうっと明るくて、

『長く、続けばいいな、この廊下』

そう思いながら、歩いていく。

ずっとこのまま続くといいな。

『永遠に続く廊下。手をつないだまま歩く、延々と。それってどんなかな。楽しそうだな。ふふっ』

小さい方の子は、ときどき、わたしの顔を見上げ、そしてうれしそうににっこりする。

兄の方も、遠慮がちに、わたしを見る。

そして、ほっこりと下を向く。
三人で静かに歩く。

それにしても、なんてしんとしているのかしら。
誰もいないみたい。
この子たちは、いつもいつもふたりだけでいる。
なぜかはわからないけれど。
ほうっておかれているのかしら。
だぶだぶの服は、ずり落ちそうになり、ときどき小さな肩が見える。

『今度来るときに、なにか持ってきてあげよう。そういえば、家の近くに売っていたもの。ちょうどよいかげんのお洋服』
『大きい方の子は、青い色が似合いそう。青い空のような布に、白い鳥が飛んでいる模様のが、確かあったもの。小さな方の子には、黄色がいいかな。菜の花畑の地に、蝶や虫が跳ねている、素敵なのが売っていた』

『ちゃんとすれば、もっともっとかわいくなるもの、この子たち。靴だって、もっと足の痛くならない素材のもの、足に合ったものを履かせてあげたい』

靴にあたるところが、すれて少し赤くなっている。

大きさが合わないからだ。

『ちょうどよいものを履かせてあげないと』


それらを、着たり履いたりしたところを心に浮かべて、微笑む。


長い廊下の突き当たりの左横の端に、水場がある。

石で囲ってある、昔の田舎の校舎にあるような水場だ。

着くとすぐに小さい方の子は、蛇口に手を伸ばした。

でもまだ届かないものだから、わたしが抱っこして手を洗う。

小さなもみじの手をこすり合わせて、丁寧に、丁寧に、丁寧に。

できるだけ長く、こうして抱っこされていたいみたい。

大きい方の子は、それを横目で見ながら、自分も手を洗う。

少し背伸びをしながら。

彼だってまだ小さいのだ。

つま先で立ち、ぎりぎりで届くくらいの大きさなのだから。

背伸びした足の裏が、ぶかぶかのくつから見えるのだけれど、それは白く小さくかわいらしい。


ようやく気がすんで、小さな子が手を洗うのをやめたので、下におろした。

やわらかい地の白いタオルを袋から取り出して、ふたりの小さな手を、ふわあっと包み込む。

やさしく、ぽんぽんぽんと拭いて、タオルをしまい、わたしは、手に持っていた袋からプラムを出して、くるくると丁寧に洗った。

ふたりとも、じっとそれを見つめている。

『早く食べたいな』

声が聞こえてくるみたい。


「待っててね。今すぐむいてあげるから」

そう声をかけると、くるくると急いで洗った。

そばの台の上に袋を置き、口を広げ、中から紙の器を取り出す。

その上に、洗い終えたプラムを全部置いた。

ひとつずつ取り、手できれいにむいて、むいた皮を袋の中に入れる。

むき終えると、

「はい」

小さい方の子が、先に手を出したので渡す。

うれしそうに受け取り、おいしそうに食べている。

すぐに大きい方の子にも、むき終わったので、それを渡す。

うれしそうに受け取り、食べる。

「のど渇いていたのね。夏だものね。はい、もうひとつどうぞ」

むいては渡し、三つずつ、あっという間に食べてしまった。


「おいしかった？」


こくんと、うなずくふたり。

手を洗って、白いタオルで拭いて、また、来た道を戻る。

長い長い廊下。

三人は黙って歩く。

と、そのとき、小さい方の子が、なにかにつまずいたのか、転びかけた。

わたしは腕を持とうとしたのだけれど、持ちそこなって、その子は転んでしまった。

「あ！　ごめんね。間に合わなかった」

転んだまま、小さな子の動きが止まったので、『泣くかな？』と思いながら、

「だいじょうぶ？」

と聞いたのだけれど、なおも、手とひざをついたまま、じっとしている。

『あ、だめだめ。こういうとき、起こさない方がよいもの』

わたしは我慢して、

「起きられる？『うんっ』って頑張ってみてね」

と声をかけた。

すると、小さい子は、

「うんっ」

と、声に出して言って立ち上がり、こちらを見た。

得意そうに。

「えらかったね。強いね」

見ると、ひざ小僧に小さな擦り傷ができて、少し血が赤くにじんでいた。

水場まで戻って、やさしくひざを洗って、やわらかいティッシュで拭き、ポケットからバンドエイドを出して、そっと貼ってあげた。

バンドエイドのひざ小僧を、じっと見つめている。

『バンドエイド、つけてもらっちゃった』

そう言っている、かわいらしい頭。


「ゆっくり歩こうね」

こくんと、うなずく。

そしてまた歩く。

玄関に近づくにつれ、少しずつ元気がなくなってくる。

わたしは、ふたりの手を離すと、前に回ってかがみ込み、顔を見た。

ずっと思ってきたことを、『今言おうか、どうしようか』と迷っていると、後ろの戸口の方が、ふわっと明るくなり、ふうっと人の気配がした。

振り向くと、逆光でよくは見えないのだけれど、農作業用の衣服を着ているような女の人が立っている。

「ああ、来ていらしたんですか」

戸から差し込んだ光の中で、こだまするように声が広がった。

シルエットで、なんとなく格好はわかるのだけれど、顔はわからない。

知っているはずの人だと思うのだけれど、よく見えない。

わたしが黙って立っていると、

「奥に見えられたでしょう？　会われました？」

『奥……』

ああ、そうだ。

わたしは、奥の人に用事があって、ここへ来たのだった。定期的に訪れているのだった。

今、その用事をすませて、ここにいるのだった。

「はい。もう、用事もすみました。それで、これから帰るところなんです」

太陽の向きが変わってきたのか、光がだんだんたくさんになってきて、眩しくて、目をぱちぱちさせていると、

「そうですか。それはどうも。今週もありがとうございました。また来週よろしくお願いします」

声が光の中で、なにかの音色の余韻のように、こだました。

そうして、横の方にある台所らしきところに、すうっと入っていった。

わたしは、ふっと空虚さを感じて振り返ると、子どもたちがいなくなっていた。

どこへ行ってしまったのか、と見渡したのだけれど、見つからない。

どこにもいないのだ。

『わかっていた。いなくなること』

人が現れた、その瞬間から、それはわかっていた。

そしてこうなると、もうなかなか会うことはできない。

それもわかっていた。

でも、どうしてもそちらの方、光の中に立っている農作業の人の方を見てしまったのだ。

いつもそう。

わかっていても、どうしてもそうしてしまう。

なぜだかわからないのだけれど。

本当は、ふたりから目を離さなければよいのだけれど。

わたしは、がっかりして、少し視線を落とした。

でも、ふっと息をつくと、顔を上げ、

「また、来るからね。今度はなにかいいもの持ってくるね。それから、青い服と黄色の服も。あなたたちに、きっとよく似合うと思うの。持ってくるからね」

姿は見えないけれど、土間の奥に向かって、明るくそう声をかけた。

すると、すーっと人の気配がした。

でもそれは、ほんの一瞬。

すぐに消え、またもとの薄暗いなにもない家の中に戻った。

裏から吹き込んでくる風は、少し湿ったような木や葉のにおいがした。

わたしは、少しの間その場に佇んでいたけれど、やがてあきらめ、戸口の方へ向かった。

戸は、来たときと同じ、開け放たれたままになっていて、そこから一歩、外へ出た。

途端に、暑い夏の光がわたしの肌を刺す。

『行かないで』


そんな感情がわたしを包んだような気がして、はっとし、一瞬立ち止まった。

迷ったけれど、

「また、来るからね」


わたしは、そうつぶやくように言った。

彼らと、自分自身に。


そして、少し下を向き、前に向き直り、塀の方へ向かう。

バス停までの道々、歩きながら考える。

暑い暑い真夏の昼下がり。

こんなに外は明るくて、日差しは強いのに、なぜあそこは、あんなに冷たい空気が流れているのだろう。

いつも同じ空気。

冬の日は、外はとても寒いのに、あそこに入ると、すっと冷えがおさまる。
いつも同じ温度。
まるで時が止まっているみたい。
大きな時計の振り子の音が、響く。
チック、タック、チック、タック
外とは全く時間の流れが違う。
あそこは、ずっとあのまま、ずっと止まっているみたいな時間の流れ方。
すべてを古い大きな屋敷が包み込んでいる。

帰り道、ふたりのことを考えていた。

『あの子たち、あそこでああしているのだな。ずっとずっと』

細い身体、大きめのぶかぶかの服。

表情がないように見えても、落ち着いてよくよく見ると、瞳の奥の方に、ときどき現れる、喜びや恥じらいの感情。

そして、悲しみ。


すっと顔を上げて周りを見る。

季節は夏。

明るくて、きれいで、暑くて、虫がたくさん鳴いていて、花も葉も揺らいで、とてもきれい。

こんな中で遊ばせてあげたいな。

一緒に遊びたいな。


『今度こそ言おう』

やがてバスが来て、バス停の少し開いている敷地でUターンをして、止まった。

ドアが開いて、それに乗る。

『また、来るね』

と、お屋敷の方に向かって、心で言うと、ふっと気配がした。

それはまるで、ふたりの子たちがうなずいたみたいな、そんな感じだった。

それからの一週間は、とても長かった。

朝、昼、晩、日々の用事をすませながら、その間中いつも頭から離れない。

あのふたりの、少し離れたところから見つめる、瞳。

静かに佇む、あの様子。

『そうだ！　服を用意しなければ。あの子たちに似合う素敵な服を。この間、約束したもの。きっと待ってくれている』

渡すときのことを考えると、なんだか心がほっこりする。

『あ！　くだものも持っていってあげよう。この間、おいしそうに食べていたもの。今度は、桃がいいかしら？　それとも梨？　プルーン？　今の時期、いろいろあるもの』

そして、三人で食べるのだ。

あの廊下の奥にある、水場で？

薄暗い水場を思い浮かべて、わたしはなんともいいようのない悲しみにおそわれた。

ううん、そうではない。

外の水場を探して、そこで洗おう。

ふたりを連れて、外へ出て、一緒に食べるのだ。

気持ちの良い木陰を探して。

一週間が過ぎ、またあのお屋敷に出かける日、朝からいろいろ用意して、わたしは家を出た。

長い道のり。電車を乗り継いで、乗り継いで、バスに乗り、山の上へ向かう小型のバスに乗り換えて、やがて、最後の停留所で降りて、歩く。

少し間があいたけれど、ずっと毎週同じ道を歩いてきたのだ、てくてくと。

木がさらさらと風に揺れる音がする。

やがてお屋敷に着いた。


その日は、なんだかいつもと違っていた。

入り口のところに、農機具がどさどさと置かれていた。

つい今しがたまで、そこでなにか作業をしていたようだ。


『今日は、いない』

そう感じた途端に、言いようのない、蒼い蒼いものに心が覆いつくされるような気がした。

そう、こんなふうに、いつもと違う、周りがざわついているときには、ふたりの子たちは決して現れることはないのだ。

「奥にいなさい」

とでも言われているのだろうか。

探そうかとも思ったけれど、なぜか、『どこにもいない、決して見つかることはない』と、そんな気がした。

わたしは持ってきた梨の袋と、洋服を入れた包みを見た。

『むいて食べさせてあげたかったな。この服もきっと似合うでしょうに』

玄関から中へ入り、土間を通って、靴を脱いだ。

木の廊下に上がるときに、玄関の奥、ふたりの子がいるあたりを見たのだけれど、

『いない……』


最初からわかっていた。

その日は、早めに用事をすませ、帰路につくことにした。

帰る道々、ずっと考えていた。


ふたりの子たちは、なぜいつもあそこにいるの？

わたしのときだけに来てくれる。

いつも、いつも、そう。

人の気配がしたり、なにか周りの状況が動いたりして、いつもと様子が違うときには、決して出てはこない。

この間みたいに。


ほかには誰もいなくて、三人だけで話をしていたとする。

そこへ突然、誰かが来て、そちらの方にわたしの目が行くとする。

わたしの心がほかのところへ向き、少しそちらの方と関わったあと、用事がすんで、またふたりの子の方を見ると、

『いない』


まるで古い大木の洞のようにぽっかりと空いた、今まで、ふたりの子たちがいたその場所。

そこには、無が広がっている。

そんなとき、わたしは、

「なんだったのだろう」

とても悲しい。

ふたりの子たちと、もっと語らいたい。
黒い瞳をきらきらさせ、
『楽しい』
って、思ってもらいたい。
『うれしい』
って、感じてもらいたい。
ふたりの子たちの、あのお顔を笑顔でいっぱいにしたい。

外はこんなにきれいで、花や木や風や、光の色もとても美しい、ってこと、一緒に感じ合いたい。

『わたしは、あなたたちと、ずっと一緒にいたい』

そして、それからの何週間か、わたしは、急な用事ができ、どうしてもそこに行くことができずにいた。

なにをしていても、ふたりの子たちのことが頭から離れなくて、ぼうっとして、失敗ばかりしていた。


そうして、一ヵ月以上も経ってしまった。

ようやく用事も終え、出かけることができるようになった。


家から駅まで歩き、バスに乗り、電車に乗り換え、別の路線に乗り換え、そしてまたバスを乗り継いで、最後に小型の古いバスに乗る。

長い長い道のり。


その日は、道の途中からざわざわしていて、草が揺れていた。

お屋敷に着いても、やはり、

「いない」

どこへ行ってしまったのだろう。

気になって仕方がなかったけれど、わたしにはどうすることもできない、ということもわかっていた。

『また、会えるよね、きっと。出てきてね』

そうして、何週間も会えない日が続いた。

夏はとうに過ぎ、朝、夕、冷たい風が吹くようになっていた。

その日、いつもより、気温がさらに低く、空気が蒼く、空が透き通るように蒼く、向こう側の宇宙が見えるみたいな感じだった。

わたしは、どきんとした。

『いる』


そんな気がした。

誰もいない駅。

誰もいない停留所。

いつもいないのだけれど、でも、もっと、止まったような、ゆっくりと流れているような、そんな感じの時間。

『そういえば、運転手さんもいなかったみたいな気がする。そんなはずはない。運転してここへ来たのだもの。でも、全然覚えていないのだけれど。いたのだったかしら……』

だけどなにも記憶に残っていない。

わたしはひとりでバスに乗り、バスは自然に走り、やがて到着し、今ここにいるのではなかったかしら。

終点の停留所、いつものくだものや野菜売り場に、今日は、

「線香花火……」

細い束が、いくつか、すっと置いてあった。
わたしの一番好きな花火だ。
小さな頃からずっと。
『買っていこう。そして、あの子たちと一緒にやろう』
ぱちぱちとはぜる、あの細く美しい彼岸花にも似た、一瞬の華。
最後の方にできる、小さく光る火の粒。
それを落とさないように、じっと持っている。
すると、静寂ののち、
パチッ、パチパチッ
はぜだすのだ。

火の粒ができる前よりも、もっと激しくはぜる。

その瞬間が見たいがために、たくさんの花火の中から、いつも線香花火を選ぶのだった。夜の中にパチパチとはぜるあの火が、大好きだった。

でも、わたしは、いつも火の粒を落としてしまう。

ぽとん、と落ちたときの悲しさったらない。

でも、しばらくして、

「今度こそ」

と、また挑戦したくなる。

『あの子たちとだったら、きっと上手にできそうな気がする』


「どれも一〇〇円です」

紙に書いてあったので、わたしは、紙のこよりで結わえてある、細い束を三つ取り、お金を缶に入れた。

チャリン、チャリン、チャリン

そして、手荷物の一番上に、そっと花火を置いた。

『きっとあの子たちも喜ぶもの』

ゆっくりと風が流れる。

わたしはひとり、細い田舎の山道を歩いていく。
草がたくさん生えていて、もさもさしている。
木々の葉も、いつもよりこんもりしていて、空がよく見えないほどだ。
『なんだかずいぶんと荒れ果てているな。ほんの二ヵ月ほどだと思うのに。どうしたのかしら』

気をとりなおして進む。

ようやく、お屋敷の石の門が見えてきた。

これで足元も少し歩きやすくなる、はず。

だけど、なにか少し違っていた。

いつもなら、屋敷に近づくにつれ、道の草が刈られていて、歩きやすくなっているのに。

今日は、なぜか荒れ放題で、まるで、もうずっと誰も通っていないみたいな、けもの道になりかかっていた。


石の塀のところに着いた。

やはりここも、なにか、様子が違う。

門の角のところどころが壊れている。

全体にずっと年月を経たような……。


じっと見ていると、塀の上の方がグラッと揺れ、ゴロンと石がひとつ、転げ落ちてきた。

よく見ると、あちらこちらに、崩れて落ちた石の破片がある。

塀の中に、一歩、足を踏み入れる。

パタパタと音を立て、紙が舞っている。

わたしをくるりと包み込むように回り、そのまま通り過ぎていった。

『家は？』と見ると、入り口の柱の木の部分が削れていて、戸口の上のところが、剥がれかけている。

屋敷全体が、わたしが来なかった二ヵ月よりも、もっとずっと、長い年月を経たような、古い、朽ちた感じだ。

時は止まったままのはずだったのに、そうではないのだ。

ずっと前から、動かず、そのままだったここも、変化をしだしたようだ。

役目を終えつつあるのかもしれない。

わたしは一度足元を見たあと、顔を上げ、変わり始めた敷地内に入る。

足元の草は、伸び放題になっている。

細い木の根っこにつまずかないように、巻きつくツル草をかきわけながら歩を進める。

朽ちる度合いがスピードを増し、わたしの歩いたあとの足の後ろ側からどんどん草に覆われていった。

いくらもしないうちに、ここは鳥や動物たちの住み処になっていくのだろう。


わたしは、玄関から中へ入った。

今日は、玄関に、農作業の道具もなにも置いていていない。

奥の方に全部片付けられている。

古く、もう長い間使われていなかったかのような、刃の欠けた鍬やボロボロの持ち手の脱穀の機械、錆びた農作業の道具たち。

古い柱時計の音がする。チック、タック、チック、タック。
書きものをする小さな台の上には帳面が置いてある。
つい先ほどまで、誰かがそこにいたような。
高くにある窓からの静かな光の色。

ここは外よりも、少し時間がまだゆっくりと流れているようだ。
靴を脱いで、土間に上がる。そして奥へ。

おそらく最後になるだろう、用事。

薄暗い廊下を歩く。長く長く続く、木の通路。

ようやく着いた一番奥の座敷には、お屋敷の大奥様がいらっしゃる。

銀とグレーの美しく混ざり合った髪を後ろでまとめ、結わえて、仕立てのよいお着物をきちんと着られて、いつもそこで、古い書物を読まれたり、奥庭を見たりして、過ごしておられる。

もうご高齢で、最近ではほとんどその一番奥の座敷や奥庭から、表に出てこられることはない。

週に一度くらいの割合で、わたしは、そのお方のお傍で、小さな文字の本を読んだり、その方の話されることを書き留めて、記録したりしている。


それは、遠い昔のお話。

そのお方の過去の話なのだろうか。

それとも、作られた物語なのかも。


大奥様がまだ少女だった頃に訪ねてきた異国の旅人。その人は金や銀、紅、青の糸などで美しく刺繍をほどこした高価な身なりをしていたという。その旅人から聞いた、見たことも聞いたこともないような体験談。

ほかの国の人が、土産に持ってきた美しい調度品や青い文様の描かれたツボの中から出てきた、異界のものたちとの不思議な交流。

『この方は、いったいおいくつになられるのかしら』

と、首をかしげたくなるほどの、古く長い年月の物語。

不思議で魅力的な静かな声のトーンと、その内容のおもしろさに、つい筆が止まり、黙って聞き入ってしまうわたし。

いくら書き留めても書き終えることができないくらいの長く深い物語。

その日、大奥様は、奥庭の手前の座敷にきちんと座られていて、いつもよりもずっと遠くを見ておられた。

「失礼します」

わたしが入っていくと、大奥様は奥庭の向こうに視線をやったまま、

「また、冬が来るのね。じきにこの庭も真っ白になる。美しいのよ。雪の中に咲く深紅の椿。がさごそとかきわけて現れる、冬眠途中で目が覚めてしまった小さな生き物たち。わたしはそれらを見るのがとても好きなの」

とつぶやくようにおっしゃった。

そして、少し間があり、

「あなたには、あの子たちが見えるのね」

と、おっしゃった。

ふたりの子、ということがすぐにわかった。

わたしがうなずくと、彼女は自分の手元に視線を落とし、

「わたしには、おぼろげにしか感じ取れないの。それでもね、小さかった頃には、ときどきは見えたの。あの子たちと一緒に遊んだこともあるのよ。やさしいお兄さんと、かわいらしい小さな弟」

表情が和らぎ、微笑む彼女。

わたしは静かにうなずきながら聞いている。

「あなたは、わたしの遠い親戚にあたるの。そして、一番、濃く受け継いだようね。見る、感じ取るということを……。折り重なったこの世界の、ちょうど重なって濃くなっているあたりに、存在しているのかもしれないわね、わたしたち。だから、異なる世界のものを見ることができる。でも、わたしは、長い間、普通の暮らしをしていくうちに、この世界の人たちと混ざり合い、近くなりすぎて、あまり見えなくなってしまった。世界の重なっていた部分が離れて、見る力が薄れていき、少しずつわからなくなっていったのね」

そこで、彼女はようやくこちらを見た。

「でもあなたは、違うわね。この世界の人々の中にいても、溶け合わなかった。だから、はっきり見ることができるのね」

少しおいて、こちらを見つめたまま、彼女は話し続けた。

「あの子たちをお願いね。あの子たちは、わたしがここに来るずっと前からこの屋敷にいたの。でも、もしかしてあなたの方が、もっと早くに出会っていたのかもしれないわね。だって、あの子たちがはじめてわたしを見たとき、うれしそうに近づいてきたのに、『違う』という顔をして、がっかりしたみたいだったもの。誰かと間違った感じだった。たぶん、待っていたのは、あなただったのではないかしら」

彼女は少し微笑んだ。

「ここはね、もうじきに、なくなる。自然に帰るの」

わたしは目でうなずく。すると、彼女は言った。

「さあ、もう行っていいわ」

彼女は庭の向こうの方に視線を移し、それから、こちらに向けることはなかった。

そしてそのまま、彼女の身体は周りの景色と同化して波紋のように揺らぐと、だんだんと薄くなっていき、彼女自身が、逆光のときのシルエットのようになり、キラキラと光り始め、やがて青く透き通っていった。

彼女の重なった部分が離れて、本当に望む世界、心の占める割合が多くなった……そういう人たちのいる世界へ行ったのだ。

心がそう望んだのだろう。

もう安らぎを得たいと思ったのかもしれない。

ずっと永遠の時の中を過ごしてきたのだもの。

『もう、いい』

と思えるくらいに長い間……。

奥庭の木の周りを囲う石の一部が欠けて、ゴロン、と落ちた。

わたしは向きを変え、来た廊下を戻り、土間の方へ向かった。

風が、どこか開け放してある奥から土間の方へ入ってきて、すーっと空気の流れを背中に感じた。

昔、駄菓子屋さんにあった、ハッカのような、綿飴のような、そんなにおいがした。

『ああ、そうだ。懐かしいなあ。小さな頃、家の前の坂を下ったところにあった駄菓子屋さん。あそこもこんなふうなにおいがしたのだった。そういうところにあの子たちは行ったことがあるかしら？　連れていってあげたいな』

こまごまとした小さな和紙に包まれた玩具や、ネットにくるまれたおはじき、紙の飛行機、四角く区切られた場所に駄菓子が入っている陳列棚。

どきどきわくわくしながら入っていく、あの感じ。

一緒に連れていってあげたら、どんなかしら？

どんな顔するかしら？

きっと、喜ぶもの。

ふうっと、気配がして、玄関の横の少し奥まったところに、ぽうっ、ぽうっと、ふたつの白い影が見えた。

それが、ゆっくりとこちらに近づいてくる。

わたしは、最初は見えにくかったのだけれど、だんだん目が慣れてきて、ふたりの姿がはっきりしてきた。


『いた！　ああ、よかった』

ほっとして、うれしくて目元が緩んだ。


大きい方の子はとことこと、小さい方の子も、今日は三輪車に乗っていなくて、同じように歩いて、ふたりは、近くに来た。

「よかった！　ようやく会えた。元気だった？」

こくんと、うなずくふたり。

「ごめんね。なかなか来られなかったの。でも、ようやく来ることができた」

瞳の奥がうれしそうだ。
その子たちは、まだ真夏の格好でいた。
相変わらず、大きめの服、だぶだぶのズボン、ぶかぶかの靴。
ひざにはバンドエイド。

「ずっと貼っていたのね」

その子たちは、変わらない。
そのままの様子なのだ。
でも、わたしに会うときだけ、時間が少しだけ流れる。

「あのね、もう用事は終わったの。もう、奥には行かなくてもよいの。だから、今までよりももっと時間があるのね。今日は、あなたたちに会うためにここに来たのだもの。あのね、あ、そうそう」

わたしは、持っていた袋に手を入れ、がさがさと音を立てた。

「ほら！　梨を持ってきたの。一緒に食べようね。それから花火も買ってきたの。でもこれはあとからね。それから今日はね、奥まで行かなくて、もっと手前の部屋の中の水道で洗おうね。あそこならまだだいじょうぶだと思うもの。最後にもう一度、ここのお水で洗いたいの。ここはとても澄んでいるのだもの」

そう言うと、ふたりはこくんと、うなずいた。

わたしは、梨を袋に入れ、土間に上がった。

持ってきた袋を腕にかけて、両手を空かせると、ふたりは手をつないできた。

小さなもみじのような手。


薄暗い廊下。

静かで物音もしない。

ずっと続いている。

でも今日はもっと手前の部屋まで行けばよいのだ。

それに、奥の方は、もう……。


三人で歩く。

古い木の造りの廊下を、てくてくてくてく。

少し歩いたところで、上の方の窓から光が差してきた。

それは、最初、細い細い線だったのだけれど、すぐにさーっと音を立てるように広がって、あたりを明るくした。

今日はいつもと違い、廊下の上の方にある窓が全部、半分くらいずつ開けてあった。

風が、入ってきた。

外から、木や草のにおいを運んできた。

鳥の声がする。

さらさらと葉の流れる音も。

わたしは、窓の方に顔を向けて気持ちよく風に吹かれる。
ふと、ふたりを見ると、その子たちも顔を上げ、風にあたっている。
黒く大きな瞳の奥、窓が大きく開かれる。

『ああ、そうなのだ。ずっとこんなふうにしたかったのね』

それはその子たちにとって、はじめてのことだった。
今まで、時間の流れていない、音のない、色の少ない……永遠の時の中にいたふたり。

そこに、光が入り、音や、色を広げていく。
外からの、葉や生き物のざわめきの音や、空の色。
その子たちの目に映るそれは、清く澄んでいて、とても美しかった。

わたしは、心に決めた。

そっと手を離し、こちらを見るその子たちの目と同じ高さにかがんで、抱きかかえるようにふたりの肩に手を置いた。

「あのね、ずっと言いたかったの。でも、我慢していたの。最初、あなたたちは、ここの家の子たちかな？　と思っていたものだから。

でも、そうではなかったのね。

長い長い間、あなたたちは、ずっとこうしてふたりでここにいたのね。このお洋服、昔、誰かに着せてもらったの？　きっとちょうどの大きさのものがなかったのね。だから、そのときあった中で、たぶん、一番着心地のよい、やわらかな布のものを着せてくれたのではなかったのかしら？」

やさしい気持ちで服を見た。

「だって、大きめだけれど、やわらかくてとても着やすそうだもの。その時代、そのときは、こんなふうなお洋服しかなかったのね、きっと。その人ともこんなふうにお話ししたの？」

小さい方の男の子が、わたしの方を指差し、小さな指で、軽く鼻にちょんと触り、にっこりした。

『ああ、そうか、そうだったのだ』

目に浮かんできた、遠い昔のこの子たち。

そしてその前にいる、わたし。

三人はやさしく語らっていた。

そのとき、わたしは鍋で砂糖を溶かし、ハッカの粉を入れて飴を作った。

わたしの作った中で、特に、ふたりの子たちのお気に入りのその飴。

みんなで大切に食べていた。

また、別のときには、戦火の中をくぐり抜け、ふたりに会いに来たわたし。

それよりずっと以前にも……。

いくつもいくつも場面が現れては消えた。
繰り返し繰り返し巡り合う、ふたりの子たちとわたし。

「この家に、ずっといたのね」

ようやくわかった。
思い出したのだ。
あの、奥の部屋の方とも、また、少し異なった世界にいるのだ、わたしは。
『わたしに似ている、というのではなく、それはわたし』
『あなたたちにどこかで会ったことがあるような気がする』
と、ずっと思っていた。
そういうことだったのね。

最初、わたしがここに来たとき、すぐに、ふっと顔を上げ、とことこと近づいてきてくれたわね。うれしい目をして。

それは、以前、出会っていたからなのね。

「ありがとう。とてもうれしい」

「あのね」

わたしは外の方を指差した。

「あそこから外に行くとね、木がたくさんあって、葉の全部が風に揺れていて、黄色や白の花が、門のところに咲いているの。鳥は飛んでいるし、虫もいるし、とても美しいの」

ふたりはじっと聞いている。

「それでね、わたしのいるところなのだけれど、どこにも属さない、時のはざまのようなところなの。世界がいくつも重なった、八重になっているあたりなのだと思う。ほら、薄い和紙が重なって二重、三重になると、その合わさった部分が少し濃い色になるでしょう？　ちょうどそんな感じ。

時間の流れ方も、均一ではないみたい。普通に動いているかな？　と思えば、ときどき止まったり、また、ゆっくり流れたり、あるときはぽんっと飛んで、全く別のところに行ったり。そして、望めば、気のおもむくままにどこへでも行くことができるの。

それからね、行った先で、なにかに心がとらわれ、そこから離れたくなくなると、しばらくそこに留まろうと思う。でも、そのとき、あまり強く心をとらわれたり、長くいすぎたりすると、自分のことを忘れてしまうことがあるみたい」

「『どこから、来たのか。ううん、自分は最初からここにいたのだ』とね」

「でも、そうではなかったのね」

「わたしは、あるときここに来て、あなたたちのことを見つけて、それで気になって仕方がなくなった。何度も何度も通い、知っていくほどに、思う気持ちが深くなり、あなたたちのことが忘れられなくなって、もう、あなたたちは、わたしの心の一部みたいになったの。

あまり考えすぎて、自分がどこから来たのか、なぜここにいるのか、わからなくなってしまったのね、きっと。

心の奥に刺さった『もの』みたいに、気になって気になって、仕方がなくなった。ずっと過去に出会い、なにかの拍子で離れ、でも、心の奥深くで惹かれ合い、おかげで、またここへ帰ってくることができた」

「生活していく上でのいろいろな場面で、人に会ったり、通り過ぎたりしたはずなのに、なぜか思い出せない。ここまで来る間に会った人や、以前、玄関先で話した人のことも、なぜかよく覚えていない。顔もわからないの。

たぶん、みんなにとっては、そちらの方が鮮明で、本当のことなのでしょうけれど、でもわたしにはそうでないの。彼らはおぼろげで、かすみか霧か、そんなふうなの。ときにはあまりにも輪郭がはっきりしていないので、ゆうれいや幻影？　と思えるほどに不安定な不確かなものなの。

そんな中で、わたしにはっきりと見えるのは、あなたたち。あなたたちのみが、鮮明に心に映る」

「一緒に来る？　ここから外に向かって、進んでみる？」

行こうとしていた水場のある部屋の方を見た。

そこは、霧がかかり始めていた。

『ああ、まだ少しは時間があるかと思ったのだけれど、思ったよりも早く時間が流れ始めたのだ。わたしの心が定まり、新しく動いたからかもしれない』

「わたしと一緒に手をつないで、行ってみる？」

ううん、もしかしたら、わたしの方が来てほしいのかも。
わたしは、あなたたちと、一緒に歩きたい。
あそこから外へ向かって。

「行こう」

じっと聞いていたふたりは、小さなもみじのような手をわたしとつないできた。
互いに見つめ合い、にっこりとし、明るい光の降り注ぐ外へ向かって、歩き始めた。

玄関から一歩外へ出ると、カタンと音がした。
お屋敷は、もう、動物やもののけの住み処のようになりかけていた。
バサッと音がしてなにかが落ち、ゴロンと、門のところの石の塀の上の部分が転げた。

先ほどまで立っていた古い大黒柱も少し傾いていて、それにツタが巻きついて、どんどん伸びていき、上の方でつぼみがつき始めている。

草が生い茂り、それは玄関の中まで入り込んできている。


止まっていた時間が動き始めたのだ。

しかも急速に。

わたしが、強く関わったからだろうか。

物が落ちる。
カタン
ボソッ

わたしたちは、伸び続ける草をかきわけ、もっと先へ、外へ、ゆっくりと大きく進む。

三人は、手をきゅっと握り合った。

いろいろな場所に行って、たくさんのことを見て、遊んで、そうして過ごそうね。

そのときのことを心に浮かべる。

きっと楽しいに違いない。

「ずっと一緒に、歩いていこうね」

著者プロフィール
高科 幸子（たかしな ゆきこ）
愛知県出身・在住　O型　やぎ座　家族4人。
好きなもの・こと：自然なもの、不思議な自然現象、ものごとの観察、創意工夫、美術全般、民族音楽鑑賞、鉱物・化石、変わったもの集め
〈著書〉『風の吹く日に』（2010年1月、東京図書出版会）
『遠い日の詩《うた》』（2011年10月、文芸社）
『本当に大切なのは愛すること』（2013年8月、日本文学館）
『絵のない大人の絵本』（2014年6月、日本文学館）
『真昼の夢・青いネモフィラ』（2015年12月、文芸社）
『猫の回覧板』（2016年8月、文芸社）

天《てん》の河《かわ》

2017年2月15日　初版第1刷発行

著　者　高科 幸子
発行者　瓜谷 綱延
発行所　株式会社文芸社
〒160-0022　東京都新宿区新宿1－10－1
電話　03-5369-3060（代表）
03-5369-2299（販売）

印刷所　株式会社フクイン

ISBN978-4-286-17982-7